우리나라 바로 알기

하늘 높이 태극기

그림 노은정

경기대학교에서 애니메이션을 공부했고, 2007년 안데르센 공모전에서 입상하였습니다.
그린 책으로는 〈아기를 주시는 삼신할머니〉, 〈토끼는 달리는 것을 좋아해〉,
〈발가락 사이 쑤시기는 정말 재밌어!〉 등이 있습니다. 어린이들이 미소를 띄울 수 있는 그림책을 그리고 싶습니다.

우리나라 바로 알기

하늘 높이 태극기

글 고상한 그림책 연구소 | 그림 노은정

상상의집

오늘은 학교에 가지 않는 날이에요.

"으아, 심심해!"

이호는 쭉 기지개를 켰어요.

우리나라 지도 속의 호랑이도 팔을 뻗고 있네요.

우리나라 지도를 본 적이 있니? 우리나라 지도는 꼭 호랑이가 팔을 뻗고 있는 모양이야. 우리나라는 바다로 둘러싸여 있고, 위쪽은 다른 나라와 붙어 있어. 주위에는 중국, 일본, 러시아가 있지. 지도가 없었다면 우리나라의 모습을 한눈에 살펴보기 어려웠을 거야. 그럼 우리나라 최초의 지도는 언제 만들어졌을까? 역사책 '삼국사기'를 보면 고구려 시대에 당나라에 지도를 보냈다는 기록이 있어. 또 김정호가 1861년에 만든 '대동여지도'는 지금의 지형도와 거의 비슷하단다.

"숙제나 하자."

알림장에는 '태극기 달기'라고 쓰여 있어요.

한글날 태극기 달고
사진 찍어오기

"아빠! 집에 태극기 있어?"

아빠는 소파에 누워 신문을 보고 있어요.

"아빠! 우리 집에 태극기……."

"드르렁 드르렁!"

아빠는 신문을 이불 삼아 꿈속을 헤매고 있어요.

한글날은 10월 9일로, 세종 대왕이 만든 훈민정음의 반포를 기념하기 위한 날이야. 1991년 공휴일에서 제외되었다가 23년 만인 2013년부터 다시 공휴일이 되었지. 한글의 제작 원리가 담긴 '훈민정음'은 국보 제70호로 지정되어 있으며, 1997년 10월 유네스코 세계기록유산으로 등록되었어.

“엄마! 집에 태극기 있어?”

엄마는 전화 삼매경에 빠져 이호를 본체만체했어요.

“엄마, 태극기!”

“엄! 마! 태! 극! 기!”

“소리는 왜 질러? 엄마, 전화하잖아!”

"태극기 사 와야겠다."

이호는 돼지 저금통을 탈탈 털었어요.

100
100
100
100
100
100
100
100

이호는 가게 문을 빼꼼 열고 물었어요.

"할아버지, 태극기 있어요?"

대답 대신 텔레비전에서 애국가가 울려 퍼졌어요.

"할! 아! 버! 지!"

졸고 있던 할아버지가 화들짝 놀랐어요.

"동해물과 백두산이 마르고 닳도록~."으로 시작하는 노래, 어디서 많이 들어본 것 같지 않니? 그래, 이건 우리나라의 애국가야. 나라에 대한 사랑을 일깨우고 다짐하기 위해 온 국민이 부르는 노래를 애국가라고 하지. 각 나라마다 국가가 있는데, 우리나라는 1930년대 안익태 선생님이 만든 애국가를 국가로 쓴단다.

"태극기를 왜 여기서 찾아! 문구점에서 팔지!"

"그런데 태극기 얼마예요?"

"그걸 왜 여기서 물어! 문구점에 가서 물어야지!"

만원
100

이호는 문구점로 향했어요.
“아저씨, 태극기 있어요?”
문구점 아저씨는 태극기를 꺼내 보여 주셨어요.
하지만 이호가 백 원짜리 동전만 잔뜩 꺼내자
곤란하다는 표정을 지었죠.
“이순신 장군 말고 세종 대왕이 있는 지폐여야 해.”
아저씨는 만 원짜리 지폐를 활짝 펼쳤어요.

화폐에는 우리나라를 대표하는 인물과 상징들이 담겨 있어. 현재 사용하고 있는 화폐를 보면 100원 주화에 이순신, 1천 원권에 이황, 5천 원권에 이이, 1만 원권에 세종 대왕, 5만 원권에 신사임당 등 우리나라를 빛낸 위인들의 모습을 볼 수 있지.

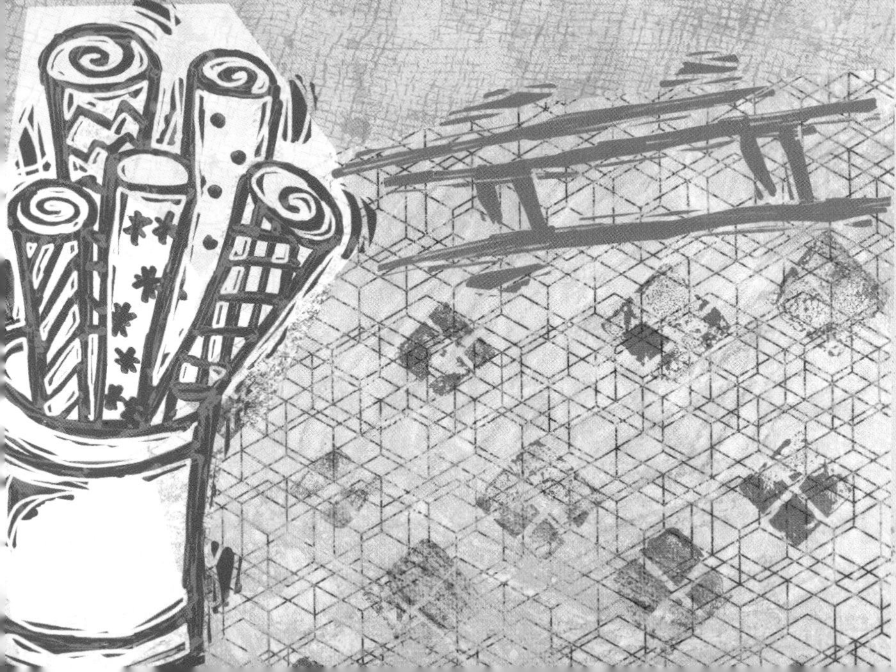

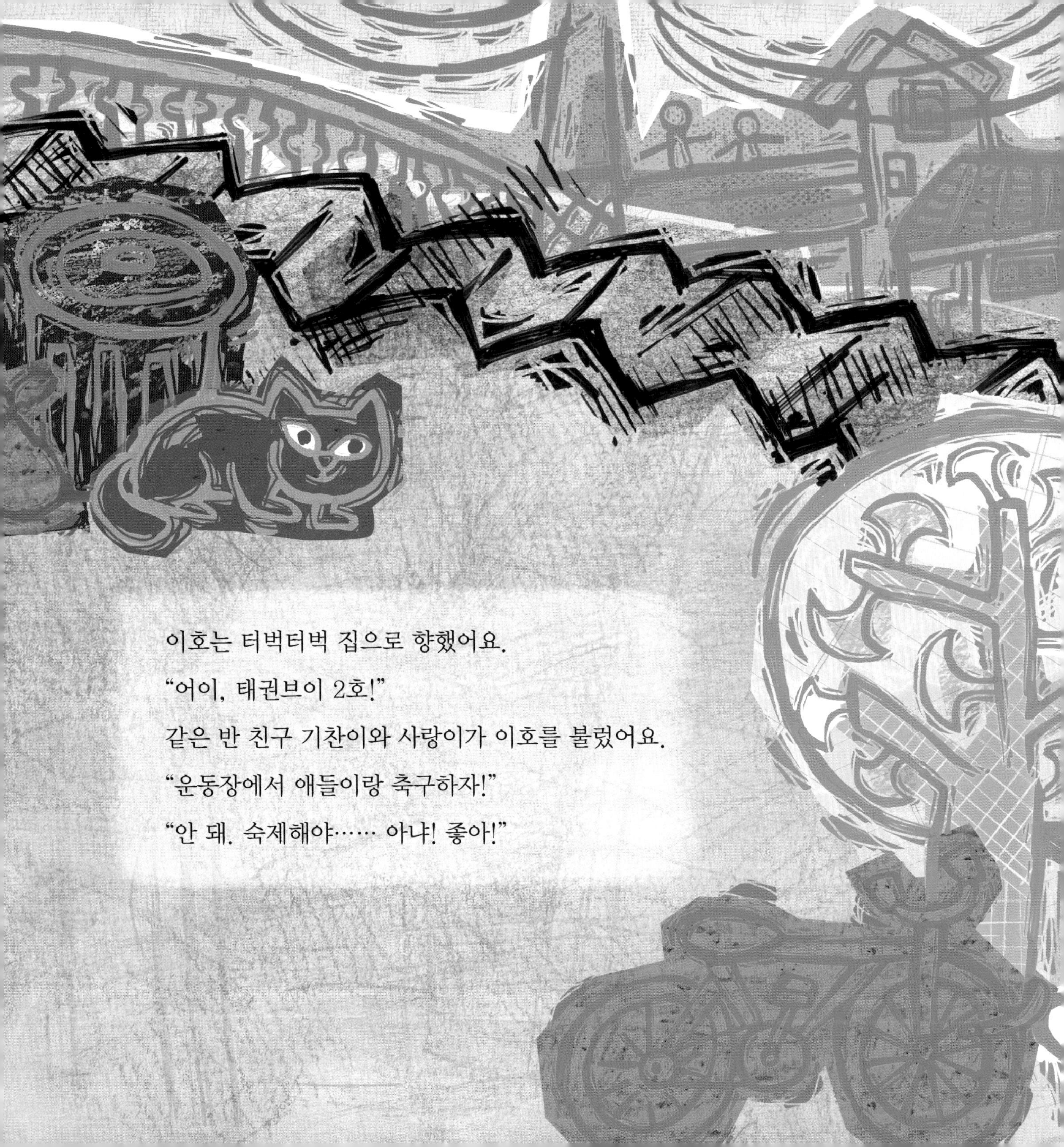

이호는 터벅터벅 집으로 향했어요.

“어이, 태권브이 2호!”

같은 반 친구 기찬이와 사랑이가 이호를 불렀어요.

“운동장에서 애들이랑 축구하자!”

“안 돼. 숙제해야…… 아냐! 좋아!”

이호는 신나게 축구를 했어요.

공을 넣자 저절로 "대~한민국"이 튀어나왔죠.

국가 대항 축구 경기에서 응원할 때 왜 "대~한민국"을 외칠까? '대한민국'은 우리 나라의 이름, 즉 국호야. 1919년 3.1 독립운동의 결과로 중국 상해에 임시 정부가 세워졌는데 그 이름을 '대한민국 임시 정부'라고 했지. 이후 1948년 8월 한반도 남쪽에 세워진 나라의 이름도 '대한민국'이 되었어. 외국에서는 우리나라를 '코리아(Korea)'라고 부르는데, 이는 고려 시대에 서양 상인들이 고려를 '코레(Coree)' 또는 '코리아(Corea, Korea)'라고 불렀기 때문이야.

태극기 달기

축구 경기가 끝나자 이호는 다시 숙제 생각이 났어요.

"너희 집에 태극기 있냐?"

"그럼. 아침에 일어나자마자 달았는걸."

"나도."

집집마다 태극기가 펄럭이고
골목골목 무궁화가 피었어요.
“왜 우리 집에만 태극기가 없는 거야!”
화가 난 이호는 축구공을 걷어찼지요.

무궁화는 우리나라를 대표하는 꽃이야. 국화라고 하지. 꽃이 아름답고 꽃피는 기간이 7~10월 동안으로 길어서 정원이나 학교, 공원 등에서 자주 볼 수 있어. 무궁화는 5장의 꽃잎이 각각 떨어져 있는 것처럼 보이지만, 꽃이 피거나 질 때는 같이 피고 한 번에 떨어진단다. 이런 특징 때문에 '화합과 통합'의 꽃이라고도 해.

축구공은 하필 담 너머 개의 머리 위로 떨어졌고…….

화가 난 개는 큰소리로 짖어 댔어요.

“태권브이 2호! 앞차기! 옆차기! 돌려차기! 얍얍!”

이호는 태권도 자세를 취했어요.

태권도는 대한민국을 대표하는 운동이야. 언제 어디서나 손과 발을 이용해 공격 또는 방어함으로써 신체를 단련하고 강한 정신력을 기를 수 있어.

1994년 9월 4일에 올림픽 종목으로 선정되었어.

으아아—

그러자 개가 더욱 사납게 달려들지 뭐예요!

"으아아악!"

이호는 도망치기 시작했어요.

뒤에서 개 주인이 소리쳤어요.

"개 조심이라고 쓰여 있잖아! 한글도 몰라?"

분명히 한글로 '개 조심'이라고 썼는데 못 보다니, 안타깝군. 우리에게는 우리말을 정확하게 표기할 수 있는 문자인 한글이 있어. 한글은 1443년(세종 25년) 세종 대왕이 만들었지. 한글의 처음 이름은 '백성을 가르치는 바른 소리'라는 뜻의 '훈민정음(訓民正音)'이었어. 1910년대 한글 학자들이 '큰 글'이라는 뜻의 '한글'이라고 부르기 시작했단다.

이호는 만신창이가 되어 집으로 돌아왔어요.
아빠를 보자 왈칵 울음이 쏟아졌죠.
"으앙! 나만 숙제 못 했어."
깜짝 놀란 아빠가 자초지종을 물었어요.

“뚝! 태극기를 그리면 되지, 얼른 크레파스 가져와!”

이호는 아빠와 함께 태극기를 그리기로 했어요.

"이호 표 태극기 완성!"

이호가 그린 태극기는 엉망이에요.

"요 녀석아.

태극기는 이렇게 그려야지.

태극 문양을 가운데 놓고,

각 귀퉁이에 4괘를 그리는 거야.

하늘을 뜻하는 '건'은 왼쪽 위에,
땅을 뜻하는 '곤'은 오른쪽 아래에,
물을 뜻하는 '감'은 오른쪽 위에,
불을 뜻하는 '이'는 왼쪽 아래에.
어디 한번 볼까?"

태극기는 흰색 바탕에 태극 문양과 '건곤감리(乾坤坎離)'의 4개의 괘로 이루어져 있어. 태극기의 흰색 바탕은 순결함과 순수함, 평화를 상징하고 있어. 태극 문양은 우주의 모든 것이 조화를 이루어 완성되고 발전해 가는 자연의 진리를 나타낸단다.

이호네 집 대문에는 세상에 단 하나뿐인
멋진 태극기가 펄럭입니다.

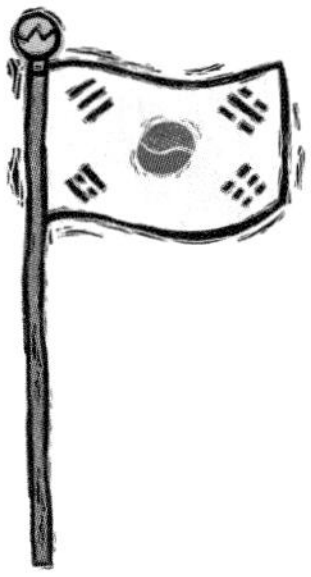

3.1절(3월 1일), 현충일(6월 6일), 제헌절(7월 17일), 광복절(8월 15일), 국군의 날(10월 1일), 개천절(10월 3일), 한글날(10월 9일)에는 태극기를 단단다. 태극기는 기쁜 날과 슬픈 날을 구분하여 달지. 3.1절, 제헌절, 광복절, 국군의 날, 개천절, 한글날은 기쁜 날이므로 깃봉과 깃대 사이를 띄우지 않고 게양해. 현충일처럼 슬픈 날에는 태극기를 태극기의 한 폭 만큼 내려서 달지.

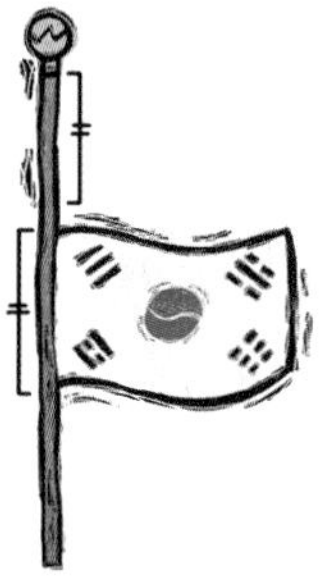

생각 톡

★태극기의 상징

우리나라 국기인 태극기는 흰색 바탕에 태극 문양과 건곤감리(乾坤坎離)의 4괘로 이루어져 있어요. 흰색 바탕은 흰색을 좋아하는 우리나라 사람의 순결함과 순수함을 상징하며 전통적으로 평화를 사랑하는 마음을 담고 있지요. 태극기의 가운데 위치한 태극 문양은 우주의 모든 것이 서로 조화를 이루어 완성되고 발전해 간다는 뜻을 담고 있어요. 4괘 또한 마찬가지예요. 건(☰)은 하늘을, 곤(☷)은 땅을, 감(☵)은 물을, 이(☲)는 불을 상징하지요.

★태극기 다는 법

태극기는 기쁜 날과 슬픈 날을 구분하여 달아야 해요. 국경일의 경우, 깃봉과 깃대 사이를 떼지 않고 게양하고요. 조의를 표해야 하는 현충일이나 국가장 기간 동안에는 태극기 한 폭만큼 내려 조기(弔旗)로 달아야 합니다. 또 단독 주택의 경우 집 밖에서 보았을 때 가운데나 왼쪽에 게양하고요, 공동 주택은 집 밖에서 보았을 때 앞쪽 베란다의 중앙이나 왼쪽에 달아야 하지요.

▲ 국경일, 평일

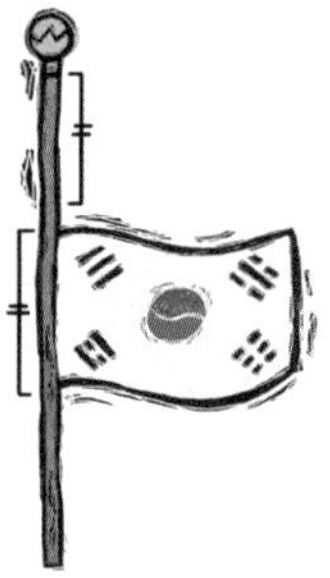

▲ 조의를 표하는 날

★ 우리나라 노래, 애국가

각 나라마다 나라를 사랑하는 마음을 담은 애국가가 있어요. 우리나라는 1936년 안익태 선생님이 애국가를 작곡하여 임시 정부와 베를린 올림픽 등에서 처음 애국가로 사용하게 되었지요. 1948년 8월 15일 정부 수립과 함께 대한민국 국가가 되었어요.

★ 우리나라 꽃, 무궁화

'영원히 피고 또 피어서 지지 않는 꽃, 무궁화'는 7월 초순에서 10월 하순까지 100여 일 동안 매일 꽃을 피워요. 이러한 점이 부지런하고 어려움을 잘 참는 우리 조상들의 모습과 많이 닮았답니다. 무궁화는 5장의 꽃잎이 각각 이루어진 갈래꽃처럼 보이지만, 피거나 질 때에는 항상 통으로 움직이고 한 번에 떨어지는 통꽃이지요.

★ 우리나라를 빛낸 위인들

우리나라를 빛낸 자랑스러운 인물들에는 누가 있을까요? 세종 대왕은 백성들이 편하게 쓸 수 있는 우리 고유의 문자인 한글을 만들었어요. 김정호는 전국을 직접 돌아다니면서 대동여지도를 만들었지요. 나라를 지키기 위해 목숨을 바친 위인들도 있어요. 이순신 장군은 임진왜란 당시 거북선을 만들어 일본 수군의 침략을 물리쳤고, 일제 강점기에는 유관순을 비롯한 많은 사람들이 독립운동을 했지요.

자기 분야에서 세계 최고라는 성과로 우리나라를 빛낸 위인들은 누가 있을까요? 대한민국 최초로 올림픽 피겨 스케이팅에서 금메달을 안겨 준 김연아 선수가 있어요. 또 한국 영화 최초로 많은 상을 수상하며 한국 영화의 역사를 새로 쓴 봉준호 감독이 있지요. 한국인 최초로 쇼팽 국제 피아노 콩쿠르 우승을 한 조성진과 무용계 최고의 발레리나 강수진도 있어요. 위인들을 본받아 내가 나라를 위해 할 수 있는 일에는 무엇이 있을까요? 공중도덕을 잘 지키고, 주변 사람들을 도와요. 또 내가 잘하는 것, 관심 있는 것이 무엇인지 찾아보고 나의 소질을 계발해요. 열심히 최선을 다하다 보면 우리나라를 빛내는 멋진 사람이 될 거예요.

세종 대왕 ▶

★ 우리나라를 소개해요!

우리나라를 대표하는 것에는 어떤 것들이 있을까요? 조상들의 생활 모습을 살펴볼 수 있는 한옥 마을과 아름다운 사계절, 자연과 어울리는 아름다운 궁궐 등이 있어요. 따뜻하고 아름다운 섬 제주도는 우리나라뿐 아니라 세계적인 자연 경관이기도 해요. 또 우리는 특별한 날에 한복을 입고 전통 음식인 떡국과 송편 등을 먹지요. 다른 나라 친구들에게 우리나라의 명절과 세시 풍속을 소개해 보세요. 대한민국을 더욱 친근하고 정답게 느낄 거예요.

한복

한옥

비빔밥

▲ 우리나라의 대표 의식주

하늘 높이 태극기

글 고상한 그림책 연구소 | **그림** 노은정
펴낸날 2013년 4월 20일 초판 1쇄, 2019년 11월 20일 초판 5쇄, 2021년 11월 19일 개정판 1쇄
펴낸이 김상수 | **기획 · 편집** 이성령, 권정화, 조유진 | **디자인** 문정선, 조은영 | **영업 · 마케팅** 황형석, 임혜은
펴낸곳 루크하우스 | **주소** 서울시 서초구 사임당로 50 해양빌딩 504호 | **전화** 02)468-5057 | **팩스** 02)468-5051
출판등록 2010년 12월 15일 제2010-59호

www.lukhouse.com
cafe.naver.com/lukhouse

ISBN 979-11-5568-494-8 64800
ISBN 979-11-5568-493-1 (세트)

※ 잘못된 책은 구입처에서 바꾸어 드립니다.
※ 값은 뒤표지에 있습니다.

상상의집